HÉSIODE ÉDITIONS

THÉOPHILE GAUTIER

Une nuit de Cléopâtre

Hésiode éditions

© Hésiode éditions.

22 rue Gabrielle Josserand - 93500 Pantin.
ISBN 978-2-38512-223-2
Dépôt légal : Novembre 2023

Impression Books on Demand GmbH

In de Tarpen 42
22848 Norderstedt, Allemagne

Une nuit de Cléopâtre

PRÉFACE

I

Cléopâtre n'était pas très belle. Elle ne l'emportait ni en beauté ni en jeunesse sur cette chaste Octavie à qui elle prit Antoine pour la vie et la mort. « Sa beauté, dit Amyot, qui traduit Plutarque agréablement, sa beauté seule n'étoit point si incomparable qu'il n'y en eust pû bien avoir d'aussi belles comme elle, ni telle qu'elle ravît incontinent ceux qui la regardoient ; mais sa conversation, à la hanter, étoit si aimable qu'il étoit impossible d'en éviter la prise, et avec sa beauté la bonne grâce qu'elle avoit à deviser, la douceur et la gentillesse de son naturel, qui assaisonnoit tout ce qu'elle disoit ou faisoit, étoit un aiguillon qui poignoit au vif ; et il y avoit outre cela grand plaisir au son de sa voix seulement et à sa prononciation, parce que sa langue étoit comme un instrument de musique à plusieurs jeux et registres, qu'elle tournoit aisément un tel langage comme il lui plaisoit, tellement qu'elle parloit à peu de nations barbares par truchement, mais leur rendoit par elle-même réponse, au moins à la plus grande partie, comme aux Égyptiens, Arabes, Troglodytes, Hébreux, Syriens, Médois et Parthes, et à beaucoup d'autres dont elle avoit appris les langues. »

Elle avait l'esprit raffiné, à la façon des Alexandrins. Elle reçut d'Antoine, comme un présent agréable, la bibliothèque de Pergame, composée de deux cent mille volumes. Elle n'a été un monstre que dans l'imagination ampoulée des poètes amis d'Auguste. Ils ont dit qu'elle se prostituait aux esclaves. Ils n'en savaient rien. On lui a donné pour amants Cnéius Pompée, César, Dellius, Antoine et aussi Hérode, roi des Juifs, qui était très beau. Mais il n'y a de certain que ses relations avec César et avec Antoine. Le reste n'est pas prouvé, et l'aventure d'Hérode a tout l'air, notamment, d'un conte de Flavius Josèphe. Cléopâtre était une femme dangereuse. Et l'on peut penser d'elle ce que pensait le vieux professeur de Henri Heine. « Mon vieux professeur, disait Henri Heine, n'aimait pas

Cléopâtre ; il nous faisait expressément observer qu'en se livrant à cette femme, Antoine ruina toute sa carrière publique, s'attira des désagréments privés et finit par tomber dans le malheur. » Rien n'est plus vrai. Elle a perdu Antoine et contribué peut-être à la perte de César, et le vieux professeur parlait d'or. Ce n'est peut-être pas assez toutefois pour l'appeler, comme Properce, la reine courtisane, meretrix regina. Ces Romains haïssaient l'Égyptienne ; elle leur avait fait peur. Horace et Properce avouent que Rome tremblait avant la journée d'Actium. Cléopâtre morte, il y eut de grandes réjouissances dans la Ville Éternelle. « C'est maintenant qu'il faut boire ! Il n'était pas permis de tirer le cécube du cellier des aïeux, quand une reine préparait au Capitole des ruines insensées et des funérailles à l'empire. Elle osait opposer à notre Jupiter le museau de chien de l'aboyant Anubis et couvrir la trompette romaine des sons aigres du sistre égyptien. Elle voulait planter sur le Capitole ses tentes au milieu des images et des trophées de Marius ! » Enfin le monstre était mort. Il fallait boire, danser, offrir des mets aux dieux !

Et c'était une femme, une petite femme qui avait fait trembler le sénat et le peuple romain. Quand nous disons qu'elle était petite, nous n'en savons rien. Nous l'imaginons sur quelques vagues indices. Pour échapper aux embûches de l'eunuque Pothin, elle se fit porter à César dans un sac. C'était un de ces grands sacs d'étoffe grossière, teints de plusieurs couleurs, qui servaient aux voyageurs à serrer les matelas et les couvertures. Elle en sortit aux yeux du Romain charmé. Il nous semble qu'étant mince et de petite taille, elle avait meilleure grâce, et qu'une stature de déesse n'est pas ce qu'il faut pour plaire au sortir d'un sac. Nous n'avons point de portrait authentique de Cléopâtre et le visage de la reine n'a pas laissé le moindre reflet sur cette vaste terre où il causa tant de deuils et de malheurs. Cléopâtre est représentée plusieurs fois, il est vrai, avec son fils Ptolémée Césarion, sur les bas-reliefs du temple de Dendérah. Mais ce sont là des figures hiératiques, d'un art traditionnel, dont le type, fixé longtemps d'avance, ne laissait point de place à l'imitation de la nature. Dans cette déesse Hathor, dans cette déesse Isis, aux cheveux nattés, debout, rigide, la tunique collée au corps, comment reconnaître la folle amoureuse qui courait la nuit avec Antoine les bouges de Rhaleotis et se mêlait aux rixes des matelots ivres ? Quant au joli moulage que l'on voit souvent dans les ateliers, il n'y faut pas chercher davantage le profil de la belle Lagide. « Ce bas-relief, nous dit M. Henry Houssaye, découvert, je crois, en 1862, ne portait aucune inscription. Un égyptologue s'amuse à y graver le cartouche de Cléopâtre, et c'est ainsi qu'on le vend partout, depuis, comme l'image authentique de la dernière reine d'Égypte. »

Il y a des médailles de Cléopâtre ; les numismates en comptent quinze de types différents. Elles sont pour la plupart d'une mauvaise gravure. Toutes représentent Cléopâtre avec des traits gros et durs, un nez extrêmement long. On sait le mot profond de Pascal : « Le nez de Cléopâtre, s'il avait été plus court, toute la face de la terre aurait été changée. » Ce nez était démesuré, si l'on en croit les médailles, mais nous ne les en croirons pas. En vain, on nous mettra sous les yeux tous les médailliers de la Bibliothèque nationale, du British Museum et du Cabinet de Vienne. Nous dirons que c'est là comme une de ces illusions de féerie, où tous les nez s'allongent à la fois sur tous les portraits, et nous nous moquerons de la numismatique qui se moque de nous. Le visage qui fit oublier à César l'empire du monde n'était point gâté par un nez ridicule.

Il est certain que César aima Cléopâtre. Le divin Jules avait plus de cinquante ans. Il avait épuisé toute la gloire et tous les plaisirs et tiré de la vie tout ce qu'elle peut donner d'émotions violentes et de joies fortes. Son élégant visage avait pris la pâleur tranquille du marbre. Il semblait qu'un tel homme ne dût plus vivre que par l'intelligence. Pourtant, quoi qu'en dise M. Mommsen, il aima l'Égyptienne jusqu'à la folie. Car c'était une folie que de l'amener à Rome, et une plus grande folie que d'élever dans le temple de Vénus une statue à la divinité de Cléopâtre.

La Lagide habitait, à Rome, avec son fils et sa suite, la villa et les jardins de César qui s'étendaient sur la rive droite du Tibre. Le dictateur demeurait dans un des bâtiments publics de la voie Sacrée, mais il faisait de fréquentes visites à la villa, qui était aussi le rendez-vous de ses amis. C'est là que Marc-Antoine vit Cléopâtre pour la première fois. Elle recevait aussi Atticus et Cicéron, qui s'était réconcilié avec César. Cicéron était grand amateur de livres et d'antiquités. Rares en Italie, ces trésors abondaient à Alexandrie. Il demanda à Cléopâtre de lui faire venir quelques manuscrits et des vases canopes. Elle le lui promit bien volontiers et elle chargea de la commission un de ses officiers nommé Ammonius. Mais les livres ne vinrent pas et l'orateur en garda rancune à la reine. Dans ces heures romaines, Cléopâtre nous apparaît sous un aspect inattendu. Discrète, paisible, ayant banni le luxe asiatique, tout occupée des élégants travaux de l'esprit, c'est une belle Grecque, qui converse sous les térébinthes avec Cicéron. Le poignard de Brutus dissipa d'un coup cet enchantement de la villa du Tibre. César assassiné, Cléopâtre s'enfuit au milieu des scènes sanglantes des jours parricides et regagna l'Égypte.

C'est alors que va commencer la plus folle et la plus terrible des aventures d'amour, le roman d'Antoine et de Cléopâtre.

Théophile Gautier, avec un art merveilleux, nous l'a montrée Égyptienne et barbare. Mais c'était une Grecque. Elle l'était de naissance et de génie. Élevée dans les mœurs et dans les arts helléniques, elle avait la grâce, le bien dire, l'élégante familiarité, l'audace ingénieuse de sa race. Ni les dieux de l'Égypte ni les monstres de l'Afrique n'envahirent jamais son âme riante. Jamais elle ne s'endormit dans la morne majesté des reines orientales. Elle était Grecque encore par son goût exquis et par sa merveilleuse souplesse. Tout le temps qu'elle vécut à Rome, elle observa toutes les convenances, et, quand, après sa mort, les amis d'Auguste outragèrent sa mémoire avec la brutalité latine, ils ne purent rien lui reprocher qui eût trait à son séjour dans la villa de César. Elle avait donc été parfaite sous les pins et les térébinthes des jardins du Tibre. Elle était Grecque, mais elle était reine ; reine et, par là, hors de la mesure et de l'harmonie, hors de cette fortune médiocre qui fut toujours dans les vœux des Grecs et qui n'entra dans ceux des poètes latins que littérairement et par servile imitation. Elle était reine et reine orientale, c'est-à-dire un monstre elle en fut châtiée par cette Némésis des dieux que les Grecs mettaient au-dessus de Zeus lui-même, parce qu'elle est en effet le sentiment du réel et du possible, l'entente des nécessités de la vie humaine. Faite pour les arts secrets du désir et de l'amour, amante et reine, à la fois dans la nature et dans la monstruosité, c'était une Chloé qui n'était point bergère.

Que des mouvements d'une chair exquise, que du souffle d'une bouche charmante dépende le sort du monde, c'est cela qui n'est point grec, c'est cela que la Némésis des dieux ne permet point. La mort de la dernière Lagide expia le crime d'Alexandre le Macédonien, ce Grec à demi barbare, ce Grec démesuré qui, soldat ivre, ouvrit à l'hellénisme l'Orient lascif et cruel. Ce n'est point que cette délicate Cléopâtre manquât par elle-même du sentiment de la mesure et de l'harmonie. Elle garda même l'instinct du vrai, du beau, du possible, autant que le lui permit sa toute-puissance, le crime héréditaire dans sa maison et l'ivresse du monde plongé autour d'elle dans cette orgie voluptueuse et scélérate où l'hellénisme coudoyait la barbarie. Son malheur singulier, sa gloire effroyable fut d'être charmante, étant souveraine, d'être Lesbie, Délie ou Leuconoé, et de ne pouvoir ouvrir ses bras adorables sans allumer des guerres.

La morale d'une Lagide était large, sans doute, et les doux antiquaires ont quelque peine à la mesurer sur les textes grecs et latins qu'ils étudient avec méthode. Pour ma part, je ne rechercherai pas ce que Cléopâtre jugeait permis ou défendu. Je pense qu'elle estimait que beaucoup de choses lui étaient permises. Ce qui est certain, c'est que, quand Antoine l'aima d'un amour orageux, elle opposa à la foudre les éclairs d'un regard qui n'était point terni et les ardeurs d'une chair que la débauche n'avait point fatiguée. Nous savons qu'elle aima le soldat de Pharsale et de Philippes ; nous savons qu'elle l'aima jusqu'à la mort. Le reste est à jamais effacé comme les travaux obscurs de tant de milliards d'êtres qui naquirent, qui souffrirent et qui moururent sur cette planète, comme les troubles de tant d'amantes qui, dans le cours infini des âges, servirent ou trahirent l'amour, sans laisser même, ainsi que la jeune fille de Pompéi, l'empreinte de leur sein dans la cendre.

Avant Antoine, il semble bien que cette femme intelligente, ambitieuse, vindicative et fière, ait été plus reine qu'amante. Grand constructeur, comme les Pharaons et comme les Ptolémées, elle couvrait Alexandrie de monuments magnifiques. Elle tint tête fermement aux intrigues des eunuques, aux séditions domestiques et populaires, et rentra par une ruse audacieuse dans sa ville et dans son palais, dont elle avait été chassée. Elle réussit à tenir en suspens les droits de Rome sur son empire, et s'il est vrai qu'elle y employa sa beauté et son charme, il faut songer que cette beauté n'était point incomparable, et que ce charme, dont César éprouva la puissance, n'eût pas suffi sans beaucoup d'intelligence et de politique. Ce charme habilement dirigé lui assura Antoine après César. Mais, cette fois, elle se trouva l'associée d'un soldat condamné à posséder seul le monde, ou à n'avoir plus une pierre où poser sa tête.

La partie était grande et douteuse. Pour la bien jouer, il fallait du sang-froid. Marc-Antoine n'en avait jamais montré beaucoup. Elle lui ôta le peu qu'il en possédait ; elle le rendit tout à fait fou, elle devint aussi folle que lui et tous deux ils luttèrent pour l'empire et la vie dans les intervalles lucides que leur laissait cette démence que les Grecs ont bien connue, puisqu'ils l'ont décrite comme une maladie des sens et de l'âme, comparable au mal sacré par la violence des accès et la profondeur de la mélancolie.

Le premier tort d'Antoine et de Cléopâtre fut de mépriser leur ennemi ; cet adolescent malingre, bègue, poltron, cruel et plus froid, plus insensible quand il rasait sa première barbe, que les plus graves politiques blanchis dans les affaires. Il fallut combattre. Ce fut la guerre du renard et du lion. Le lion avait la part du lion, toutes les provinces de l'Orient jusqu'à l'Illyrie, et le petit renard, l'enfant rusé, Octave, ne possédait que l'Italie ruinée et consternée, et l'Espagne, la Gaule, la Sicile, l'Afrique en armes contre lui. Tant de javelots tournés contre un lâche ! Mais ce lâche était un ambitieux patient, c'est-à-dire la plus grande force du monde.

Marc-Antoine, dans la maturité de l'âge, était le premier soldat de l'empire, depuis la mort de César. Il avait, pour ses débuts, écrasé les Juifs révoltés. Il avait secondé le grand Jules en Gaule, dans la Haute-Italie, en Illyrie. Il commandait l'aile droite des césariens à Pharsale. Battu à Modène, il avait remporté la victoire décisive de Philippes. Bien qu'il n'eût ni la prudence ni la vue claire de César, César l'estimait comme son meilleur lieutenant. Seul et livré à lui-même, Antoine péchait par la méthode. Il n'en possédait pas moins certaines belles parties de l'homme de guerre. Il avait la grande psychologie militaire, la connaissance de l'âme du soldat. Il se faisait aimer, il se faisait suivre. Il était impétueux, entraînant, irrésistible. La confiance qu'il avait en lui-même, il l'inspirait à ses hommes. Grandement joyeux, il leur communiquait cette gaieté qui fait oublier les souffrances, les dangers, et qui double les forces. Il buvait et mangeait avec eux ; il disait des mots qui les faisaient rire. Les légionnaires l'admiraient. Il ne faut pas juger Antoine par les Philippiques que Cicéron prononça contre lui ; Cicéron était avocat, et, de plus, c'était, en politique, un modéré de l'espèce la plus violente. À cela près, un honnête homme et un grand lettré. Antoine n'était pas le grossier soldat, le belluaire insolent, j'allais dire « la trogne à épée » que l'orateur nous montre. Il avait de l'esprit, précisément dans le sens où nous prenons le terme aujourd'hui, de l'esprit de mots, car, pour ce qui est de l'esprit de conduite, il en manqua toujours, et Cléopâtre ne lui en donna pas. Loin d'être un homme inculte, il avait étudié l'éloquence en Grèce. Sa parole n'avait pas l'élégante correction de celle de César : elle était imagée et disproportionnée. C'était ce que nous appellerions maintenant une éloquence romantique. Il aimait, dit Plutarque, ce style asiatique, alors fort recherché, et qui répondait à sa vie fastueuse, pleine d'ostentation, sujette à d'effroyables inégalités.

Plutarque dit bien : en tout, Antoine aimait à la folie le style asiatique et la pompe orientale. Son front bas et sa barbe épaisse, sa mâle et forte structure lui donnaient quelque ressemblance avec les images du fabuleux Hercule de qui il prétendait descendre, mais c'est surtout Bacchus, le Bacchus indien, qu'il se plaisait à rappeler par ses riches cortèges et par ses chars attelés de lions. Il entra dans Éphèse précédé de femmes vêtues en bacchantes et d'adolescents portant le nébride des pans et des satyres. On ne voyait dans toute la ville que thyrses couronnés de lierre, on n'entendait que le son des flûtes et des syrinx, et les cris qui saluaient le nouveau Bacchus bienfaisant et plein de douceur. Certes, il eut sa part de l'atroce férocité commune aux Romains de ces temps scélérats. Mais il ne se montra jamais, comme Octave, froidement cruel. Il était libéral, magnifique et capable de sentiments délicats et généreux. En Grèce, les ennemis l'avouent, il rendit la justice avec clémence et se montra jaloux d'être nommé l'ami des Grecs et plus encore des Athéniens. Après la victoire de Philippes, il posa sa propre cuirasse sur le cadavre sanglant de Brutus, afin d'honorer en soldat les funérailles du vaincu. Quand, dans les jours sombres, Æhnobarbus, son vieux compagnon, l'abandonna la veille de la bataille, pour passer à Octave, il renvoya à celui qui avait été si longtemps son ami ses équipages et tout ce qui lui appartenait, et l'on dit qu'accablé par cette générosité Æhnobarbus mourut de douleur et de honte.

Antoine était l'esclave des femmes. Son fastueux amour pour la courtisane Cytheris avait indigné les Romains. L'âcre et violente Fulvie faisait trembler cet Hercule. Plus tard il se montra sensible à la chaste beauté d'Octavie. Il les aimait avec violence, et il les aimait en même temps avec esprit. Ce qui est infiniment plus rare. « Il avait, dit Plutarque, de la grâce et de la gaieté dans ses amours. » Voilà l'homme qui cita Cléopâtre devant son tribunal à Tarse. C'était lui l'Asiatique et l'Oriental. Sans être capable d'un grand dessein longuement suivi, il rêvait l'empire d'Orient, avec quelque immense ville barbare pour capitale.

Il aimait l'Orient, ses trésors, ses monstres, ses voluptés, ses splendeurs, ses parfums, sa poésie.

Le bon Plutarque ne se trompait pas : Marc Antoine avait de l'agrément et de la gaieté dans ses amours. C'est lui qui imagine les folies de la Vie Inimitable, les déguisements de nuit, les parties de pêche sur le Nil, les fêtes prodigieuses.

La Vie Inimitable fut interrompue par la guerre de Pérouse et par le mariage d'Antoine avec Octavie. Elle reprit plus ardente et plus frénétique au retour de l'infidèle et fatal amant.

Puis ce fut la guerre. Actium et cette fuite soudaine de Cléopâtre au milieu de la bataille, cette fuite, inexpliquée encore, que l'amiral Jurien de la Gravière considère comme une manœuvre habile.

À Alexandrie, Antoine, déshonoré et perdu, montre encore un esprit d'une fantaisie extraordinaire. Il se bâtit sur la jetée, dans la mer, une cabane qu'il nomme son Timonium et où il veut vivre seul, à l'exemple de Timon d'Athènes. Il se dit misanthrope, et c'est un misanthrope pittoresque et romantique, le misanthrope de la passion. Puis sa cabane et sa solitude l'ennuient. Il revoit la reine et forme avec elle une société plus mélancolique, mais non pas moins fastueuse que celle des Inimitables, la compagnie de ceux qui veulent mourir ensemble, les synapothanumènes.

Cléopâtre mourut plutôt que d'être traînée dans le triomphe d'Octave. On l'aimait à Alexandrie et ses statues ne furent point renversées après sa mort. C'est donc qu'elle n'était pas méchante. Et puis il ne faut pas oublier que la beauté est une des vertus de ce monde.

II

Les indications bibliographiques qui suivent sont tirées de l'histoire des œuvres de Théophile Gautier, que M. le vicomte de Spœlberg de Lovenjoul a composée avec tant de zèle et de savoir.

Une nuit de Cléopâtre. La Presse, 29 et 30 novembre ; 1, 2, 4 et 6 décembre 1838. Cette nouvelle reparut pour la première fois en 1839, après Une larme du Diable ; elle entra ensuite, en 1845, dans les Nouvelles de Théophile Gautier, volume dont elle n'est plus sortie. La fin du chapitre II se termine dans la Presse par ces mots « Dans quel dessein ? » La fin du douzième paragraphe du chapitre IV était primitivement différente ; voici sa première version :

« Quant à Méiamoun, il avait le teint ardent et lumineux d'un homme dans l'extase ou dans la vision ; on voyait qu'il se disait en lui-même comme le héros d'une pièce moderne :

Donc je marche vivant dans mon rêve étoilé. »

Un opéra en trois actes, extrait de cette nouvelle, a été écrit par M. P. J. Barbier pour Victor Massé. Il n'a été représenté que le 25 avril 1885.

L'éditeur Ferroud, qui a déjà puisé dans les Nouvelles de Th. Gautier le Roi Candaule pour en faire une édition de grand luxe que les bibliophiles ont si bien accueillie, donne aujourd'hui un pendant à cette belle publication en faisant paraître la Nuit de Cléopâtre. Il a cru ne pouvoir mieux faire que d'en confier encore l'illustration à M. Paul Avril, dont les compositions du Roi Candaule ont été si appréciées.

ANATOLE FRANCE.

I

Il y a, au moment où nous écrivons cette ligne, dix-neuf cents ans environ, qu'une cange magnifiquement dorée et peinte descendait le Nil avec toute la rapidité que pouvaient lui donner cinquante rames longues et plates rampant sur l'eau égratignée comme les pattes d'un scarabée gigantesque.

Cette cange était étroite, de forme allongée, relevée par les deux bouts en forme de corne de lune naissante, svelte de proportions et merveilleusement taillée pour la marche ; une tête de bélier surmontée d'une boule d'or armait la pointe de la proue, et montrait que l'embarcation appartenait à une personne de race royale.

Au milieu de la barque s'élevait une cabine à toit plat, une espèce de naos ou tente d'honneur, coloriée et dorée, avec une moulure à palmettes et quatre petites fenêtres carrées. Deux chambres également couvertes d'hiéroglyphes occupaient les extrémités du croissant ; l'une d'elles, plus vaste que l'autre, avait un étage juxtaposé de moindre hauteur, comme les châteaux-gaillards de ces bizarres galères du seizième siècle dessinées par Della Bella ; la plus petite, qui servait de logement au pilote, se terminait en fronton triangulaire.

Le gouvernail était fait de deux immenses avirons ajustés sur des pieux bariolés, et s'allongeant dans l'eau derrière la barque comme les pieds palmés d'un cygne ; des têtes coiffées du pschent, et portant au menton la corne allégorique, étaient sculptées à la poignée de ces grandes rames que faisait manœuvrer le pilote debout sur le toit de la cabine.

C'était un homme basané, fauve comme du bronze neuf, avec des luisants bleuâtres et miroitants, l'œil relevé par les coins, les cheveux très noirs et tressés en cordelettes, la bouche épanouie, les pommettes saillantes, l'oreille détachée du crâne, le type égyptien dans toute sa pureté.

Un pagne étroit bridant sur les cuisses et cinq ou six tours de verroteries et d'amulettes composaient tout son costume.

Il paraissait le seul habitant de la cange, car les rameurs, penchés sur leurs avirons et cachés par le plat-bord, ne se faisaient deviner que par le mouvement symétrique des rames ouvertes en côtes d'éventail à chaque flanc de la barque, et retombant dans le fleuve après un léger temps d'arrêt.

Aucun souffle d'air ne faisait trembler l'atmosphère, et la grande voile triangulaire de la cange, assujettie et ficelée avec une corde de soie autour du mât abattu, montrait que l'on avait renoncé à tout espoir de voir le vent s'élever.

Le soleil du midi décochait ses flèches de plomb ; les vases cendrées des rives du fleuve lançaient de flamboyantes réverbérations ; une lumière crue, éclatante et poussiéreuse à force d'intensité, ruisselait en torrents de flamme, l'azur du ciel blanchissait de chaleur comme un métal à la fournaise ; une brume ardente et rousse fumait à l'horizon incendié. Pas un nuage ne tranchait sur ce ciel invariable et morne comme l'éternité.

L'eau du Nil, terne et mate, semblait s'endormir dans son cours et s'étaler en nappes d'étain fondu. Nulle haleine ne ridait sa surface et n'inclinait sur leurs tiges les calices de lotus, aussi roides que s'ils eussent été sculptés ; à peine si de loin en loin le saut d'un bechir ou d'un fahaka, gonflant son ventre, y faisait miroiter une écaille d'argent, et les avirons de la cange semblaient avoir peine à déchirer la pellicule fuligineuse de cette eau figée. Les rives étaient désertes ; une tristesse immense et solennelle pesait sur cette terre, qui ne fut jamais qu'un grand tombeau, et dont les vivants semblent ne pas avoir eu d'autre occupation que d'embaumer les morts. Tristesse aride, sèche comme la pierre ponce, sans mélancolie, sans rêverie, n'ayant point de nuage gris de perle à suivre à l'horizon, pas de source secrète où baigner ses pieds poudreux ; tristesse de sphinx ennuyé de regarder perpétuellement le désert, et qui ne peut se détacher du socle de granit où il aiguise ses griffes depuis vingt siècles.

Le silence était si profond, qu'on eût dit que le monde fût devenu muet, ou que l'air eût perdu la faculté de conduire le son. Le seul bruit qu'on entendît, c'était le chuchotement et les rires étouffés des crocodiles pâmés de chaleur qui se vautraient dans les joncs du fleuve, ou bien quelque ibis qui, fatigué de se tenir debout, une patte repliée sous le ventre et le cou entre les épaules, quittait sa pose immobile, et, fouettant brusquement l'air bleu de ses ailes blanches, allait se percher sur un obélisque ou sur un palmier.

La cange filait comme la flèche sur l'eau du fleuve, laissant derrière elle un sillage argenté qui se refermait bientôt ; et quelques globules écumeux, venant crever à la surface, témoignaient seuls du passage de la barque, déjà hors de vue.

Les berges du fleuve, couleur d'ocre et de saumon, se déroulaient rapidement comme des bandelettes de papyrus entre le double azur du ciel et de l'eau, si semblables de ton que la mince langue de terre qui les séparait semblait une chaussée jetée sur un immense lac, et qu'il eût été difficile de décider si le Nil réfléchissait le ciel, ou si le ciel réfléchissait le Nil.

Le spectacle changeait à chaque instant : tantôt c'étaient de gigantesques propylées qui venaient mirer au fleuve leurs murailles en talus, plaquées de larges panneaux de figures bizarres ; des pylônes aux chapiteaux évasés, des rampes côtoyées de grands sphinx accroupis, coiffés du bonnet à barbe cannelée, et croisant sous leurs mamelles aiguës leurs pattes de basalte noir ; des palais démesurés faisant saillir sur l'horizon les lignes horizontales et sévères de leur entablement, où le globe emblématique ouvrait ses ailes mystérieuses comme un aigle à l'envergure démesurée ; des temples aux colonnes énormes, grosses comme des tours, où se détachaient sur un fond d'éclatante blancheur des processions de figures hiéroglyphiques ; toutes les prodigiosités de cette architecture de Titans : tantôt des paysages d'une aridité désolante ; des collines formées par de petits éclats de pierre provenant des fouilles et des constructions, miettes de cette gigantesque débauche de granit qui dura plus de trente siècles ; des montagnes exfoliées de chaleur, déchiquetées et zébrées de rayures noires, semblables aux cautérisations d'un incendie ; des tertres bossus et difformes, accroupis comme le criocéphale des tombeaux, et découpant au bord du ciel leur attitude contrefaite ; des marnes verdâtres, des ocres roux, des tufs d'un blanc farineux, et de temps à autre quelque escarpement de marbre couleur rose-sèche, où bâillaient les bouches noires des carrières. Cette aridité n'était tempérée par rien : aucune oasis de feuillage ne rafraîchissait le regard ; le vert semblait une couleur inconnue dans cette nature ; seulement de loin en loin un maigre palmier s'épanouissait à l'horizon, comme un crabe végétal ; un nopal épineux brandissait ses feuilles acérées comme des glaives de bronze ; un carthame, trouvant un peu d'humidité à l'ombre d'un tronçon de colonne, piquait d'un point rouge l'uniformité générale.

Après ce coup d'œil rapide sur l'aspect du paysage, revenons à la cange aux cinquante rameurs, et, sans nous faire annoncer, entrons de plain-pied dans la naos d'honneur.

L'intérieur était peint en blanc, avec des arabesques vertes, des filets de vermillon et des fleurs d'or de forme fantastique ; une natte de joncs d'une finesse extrême recouvrait le plancher ; au fond s'élevait un petit lit à pieds de griffon, avec un dossier garni comme un canapé ou une causeuse moderne, un escabeau à quatre marches pour y monter, et, recherche assez singulière dans nos idées confortables, une espèce d'hémicycle en bois de cèdre monté sur un pied, destiné à embrasser le contour de la nuque et à soutenir la tête de la personne couchée.

Sur cet étrange oreiller reposait une tête bien charmante, dont un regard fit perdre la moitié du monde, une tête adorée et divine, la femme la plus complète qui ait jamais existé, la plus femme et la plus reine, un type admirable auquel les poètes n'ont pu rien ajouter, et que les songeurs trouvent toujours au bout de leurs rêves : il n'est pas besoin de nommer Cléopâtre.

Auprès d'elle, Charmion, son esclave favorite, balançait un large éventail de plumes d'ibis ; une jeune fille arrosait d'une pluie d'eau de senteur les petites jalousies de roseaux qui garnissaient les fenêtres de la naos, pour que l'air n'y arrivât qu'imprégné de fraîcheur et de parfums.

Près du lit de repos, dans un vase d'albâtre rubané, au goulot grêle, à la tournure effilée et svelte, rappelant vaguement un profil de héron, trempait un bouquet de fleurs de lotus, les unes d'un bleu céleste, les autres d'un rose tendre, comme le bout des doigts d'Isis, la grande déesse.

Cléopâtre, ce jour-là, par caprice ou par politique, n'était pas habillée à la grecque ; elle venait d'assister à une panégyrie, et elle retournait à son palais d'été dans la cange, avec le costume égyptien qu'elle portait à la fête. Nos lectrices seront peut-être curieuses de savoir comment la reine Cléopâtre était habillée en revenant de la Mammisi d'Hermonthis où l'on adore la triade du dieu Mandou, de la déesse Ritho et de leur fils Harphré ; c'est une satisfaction que nous pouvons leur donner.

La reine Cléopâtre avait pour coiffure une espèce de casque d'or très léger formé par le corps et les ailes de l'épervier sacré ; les ailes, rabattues en éventail de chaque côté de la tête, couvraient les tempes, s'allongeaient presque sur le cou, et dégageaient par une petite échancrure une oreille plus rose et plus délicatement enroulée que la coquille d'où sortit Vénus que les Égyptiens nomment Hâtor ; la queue de l'oiseau occupait la place où sont posés les chignons de nos femmes ; son corps, couvert de plumes imbriquées et peintes de différents émaux, enveloppait le sommet du crâne, et son cou, gracieusement replié vers le front, composait avec la tête une manière de corne étincelante de pierreries ; un cimier symbolique en forme de tour complétait cette coiffure élégante, quoique bizarre. Des cheveux noirs comme ceux d'une nuit sans étoiles s'échappaient de ce casque et filaient en longues tresses sur de blondes épaules, dont une collerette ou hausse-col, orné de plusieurs rangs de serpentine, d'azerodrach et de chrysobéril, ne laissait, hélas ! apercevoir que le commencement ; une robe de lin à côtes diagonales, – un brouillard d'étoffe, de l'air tramé, ventus textilis, comme dit Pétrone, ondulait en blanche vapeur autour d'un beau corps dont elle estompait mollement les contours. Cette robe avait des demi-manches justes sur l'épaule, mais évasées vers le coude comme nos manches à sabot, et permettait de voir un bras admirable et une main parfaite, le bras serré par six cercles d'or et la main ornée d'une bague représentant un scarabée. Une ceinture, dont les bouts noués retombaient par devant, marquait la taille de cette tunique flottante et libre ; un mantelet garni de franges achevait la parure, et, si quelques mots barbares n'effarouchent point des oreilles parisiennes, nous ajouterons que cette robe se nommait schenti et le mantelet calasiris.

Pour dernier détail, disons que la reine Cléopâtre portait de légères sandales fort minces, recourbées en pointe et rattachées sur le cou-de-pied comme les souliers à la poulaine des châtelaines du moyen âge.

La reine Cléopâtre n'avait cependant pas l'air de satisfaction d'une femme sûre d'être parfaitement belle et parfaitement parée ; elle se retournait et s'agitait sur son petit lit, et ses mouvements assez brusques dérangeaient à chaque instant les plis de son conopeum de gaze que Charmion rajustait avec une patience inépuisable, sans cesser de balancer son éventail.

« L'on étouffe dans cette chambre, dit Cléopâtre ; quand même Phtha, dieu du feu, aurait établi ses forges ici, il ne ferait pas plus chaud ; l'air est comme une fournaise. » Et elle passa sur ses lèvres le bout de sa petite langue, puis étendit la main comme un malade qui cherche une coupe absente.

Charmion, toujours attentive, frappa des mains ; un esclave noir, vêtu d'un tonnelet plissé comme la jupe des Albanais et d'une peau de panthère jetée sur l'épaule entra avec la rapidité d'une apparition, tenant en équilibre sur la main gauche un plateau chargé de tasses et de tranches de pastèques, et dans la droite un vase long muni d'un goulot comme une théière.

L'esclave remplit une des coupes en versant de haut avec une dextérité merveilleuse, et la plaça devant la reine. Cléopâtre toucha le breuvage du bout des lèvres, le reposa à côté d'elle, et, tournant vers Charmion ses beaux yeux noirs, onctueux et lustrés par une vive étincelle de lumière :

« Ô Charmion ! dit-elle, je m'ennuie. »

II

Charmion, pressentant une confidence, fit une mine d'assentiment douloureux et se rapprocha de sa maîtresse.

« Je m'ennuie horriblement, reprit Cléopâtre en laissant pendre ses bras comme découragée et vaincue ; cette Égypte m'anéantit et m'écrase ; ce ciel, avec son azur implacable, est plus triste que la nuit profonde de l'Erèbe : jamais un nuage ! jamais une ombre, et toujours ce soleil rouge, sanglant, qui vous regarde comme l'œil d'un cyclope ! Tiens, Charmion, je donnerais une perle pour une goutte de pluie ! De la prunelle enflammée de ce ciel de bronze il n'est pas encore tombé une seule larme sur la désolation de cette terre ; c'est un grand couvercle de tombeau, un dôme de nécropole, un ciel mort et desséché comme les momies qu'il recouvre ; il pèse sur mes épaules comme un manteau trop lourd ; il me gêne et m'inquiète ; il me semble que je ne pourrais me lever toute droite sans m'y heurter le front ; et puis, ce pays est vraiment un pays effrayant ; tout y est sombre, énigmatique, incompréhensible ! L'imagination n'y produit que des chimères monstrueuses et des mouvements démesurés ; cette architecture et cet art me font peur ; ces colosses, que leurs jambes engagées dans la pierre condamnent à rester éternellement assis les mains sur les genoux, me fatiguent de leur immobilité stupide ; ils obsèdent mes yeux et mon horizon. Quand viendra donc le géant qui doit les prendre par la main et les relever de leur faction de vingt siècles ? Le granit lui-même se lasse à la fin ! Quel maître attendent-ils donc pour quitter la montagne qui leur sert de siège et se lever en signe de respect ? de quel troupeau invisible ces grands sphinx accroupis comme des chiens qui guettent sont-ils les gardiens, pour ne fermer jamais la paupière et tenir toujours la griffe en arrêt ? qu'ont-ils donc à fixer si opiniâtrement leurs yeux de pierre sur l'éternité et l'infini ? quel secret étrange leurs lèvres serrées retiennent-elles dans leur poitrine ? À droite, à gauche, de quelque côté que l'on se tourne, ce ne sont que des monstres affreux à voir, des chiens à tête d'homme, des hommes à tête de chien, des chimères nées d'accouplements hideux dans la profondeur ténébreuse des syringes, des Anubis, des Typhons, des Osiris, des éperviers aux yeux jaunes qui semblent vous traverser de leurs regards inquisiteurs et voir au delà de vous des choses que l'on ne peut redire ; – une famille d'animaux et de dieux horribles aux ailes écaillées, au bec crochu, aux griffes tranchantes, toujours prêts à vous dévorer et à vous saisir, si vous franchissez le seuil du temple et si vous levez le coin du voile !

« Sur les murs, sur les colonnes, sur les plafonds, sur les planchers, sur les palais et sur les temples, dans les couloirs et les puits les plus profonds des nécropoles, jusqu'aux entrailles de la terre, où la lumière n'arrive pas, où les flambeaux s'éteignent faute d'air, et partout, et toujours, d'interminables hiéroglyphes sculptés et peints, racontant en langage inintelligible des choses que l'on ne sait plus et qui appartiennent sans doute à des créations disparues ; prodigieux travaux enfouis, où tout un peuple s'est usé à écrire l'épitaphe d'un roi ! Du mystère et du granit, voilà l'Égypte ; beau pays pour une jeune femme et une jeune reine !

« L'on ne voit que symboles menaçants et funèbres, des pedum, des tau, des globes allégoriques, des serpents enroulés, des balances où l'on pèse les âmes, – l'inconnu, la mort, le néant ! Pour toute végétation des stèles bariolées de caractères bizarres ; pour allées d'arbres, des avenues d'obélisques de granit ; pour sol, d'immenses pavés de granit dont chaque montagne ne peut fournir qu'une seule dalle ; pour ciel, des plafonds de granit : – l'éternité palpable, un amer perpétuel sarcasme contre la fragilité et la brièveté de la vie ! – des escaliers faits pour des enjambées de Titan, que le pied humain ne saurait franchir et qu'il faut monter avec des échelles ; des colonnes que cent bras ne pourraient entourer, des labyrinthes où l'on marcherait un an sans en trouver l'issue ! – le vertige de l'énormité, l'ivresse du gigantesque, l'effort désordonné de l'orgueil qui veut graver à tout prix son nom sur la surface du monde !

« Et puis, Charmion, je te le dis, j'ai une pensée qui me fait peur ; dans les autres contrées de la terre on brûle les cadavres, et leur cendre bientôt se confond avec le sol. Ici l'on dirait que les vivants n'ont d'autre occupation que de conserver les morts ; des baumes puissants les arrachent à la destruction ; ils gardent tous leur forme et leur aspect ; l'âme évaporée, la dépouille reste, sous ce peuple il y a vingt peuples ; chaque ville a les pieds sur vingt étages de nécropoles ; chaque génération qui s'en va fait une population de momies à une cité ténébreuse : sous le père vous trouvez le grand-père et l'aïeul dans leur botte peinte et dorée, tels qu'ils étaient pendant la vie, et vous fouilleriez toujours que vous en trouveriez toujours !

« Quand je songe à ces multitudes emmaillottées de bandelettes, à ces myriades de spectres desséchés qui remplissent les puits funèbres et qui sont là depuis deux mille ans, face à face, dans leur silence que rien ne vient troubler, pas même le bruit que fait en rampant le ver du sépulcre, et qu'on trouvera intacts après deux autres mille ans, avec leurs chats, leurs crocodiles, leurs ibis, tout ce qui a vécu en même temps qu'eux, il me prend des terreurs, et je me sens courir des frissons sur la peau. Que se disent-ils, puisqu'ils ont encore des lèvres, et que leur âme, si la fantaisie lui prenait de revenir, trouverait leur corps dans l'état où elle l'a quitté ?

« L'Égypte est vraiment un royaume sinistre, et bien peu fait pour moi, la rieuse et la folle ; tout y renferme une momie ; c'est le cœur et le noyau de toute chose. Après mille détours, c'est là que vous aboutissez ; les pyramides cachent un sarcophage. Néant et folie que tout cela. Éventrez le ciel avec de gigantesques triangles de pierre, vous n'allongerez pas votre cadavre d'un pouce. Comment se réjouir et vivre sur une terre pareille, où l'on ne respire pour parfum que l'odeur âcre du naphte et du bitume qui bout dans les chaudières des embaumeurs, où le plancher de votre chambre sonne le creux parce que les corridors des hypogées et des puits mortuaires s'étendent jusque sous votre alcôve ? Être la reine des momies, avoir pour causer ces statues roides et contraintes, c'est gai ! Encore, si, pour tempérer cette tristesse, j'avais quelque passion au cœur, un intérêt à la vie, si j'aimais quelqu'un ou quelque chose, si j'étais aimée ! mais je ne le suis point.

« Voilà pourquoi je m'ennuie, Charmion ; avec l'amour, cette Égypte aride et renfrognée me paraîtrait plus charmante que la Grèce avec ses dieux d'ivoire, ses temples de marbre blanc, ses bois de lauriers-roses et ses fontaines d'eau vive. Je ne songerais pas à la physionomie baroque d'Anubis et aux épouvantements des villes souterraines. »

Charmion sourit d'un air incrédule. « Ce ne doit pas être là un sujet de chagrin pour vous ; car chacun de vos regards perce les cœurs comme les flèches d'or d'Éros lui-même.

– Une reine, reprit Cléopâtre, peut-elle savoir si c'est le diadème ou le front que l'on aime en elle ? Les rayons de sa couronne sidérale éblouissent les yeux et le cœur, descendue des hauteurs du trône, aurais-je la célébrité et la vogue de Bacchide ou d'Archenassa, de la première courtisane venue d'Athènes ou de Milet ? Une reine, c'est quelque chose de si loin des hommes, de si élevé, de si séparé, de si impossible ! Quelle présomption peut se flatter de réussir dans une pareille entreprise ? Ce n'est plus une femme, c'est une figure auguste et sacrée qui n'a point de sexe, et que l'on adore à genoux sans l'aimer, comme la statue d'une déesse. Qui a jamais été sérieusement épris d'Hèré aux bras de neige, de Pallas aux yeux vert de mer ? qui a jamais essayé de baiser les pieds d'argent de Thétis et les doigts de rose de l'Aurore ? quel amant des beautés divines a pris des ailes pour voler vers les palais d'or du ciel ? Le respect et la terreur glacent les âmes en notre présence, et pour être aimée de nos pareils il faudrait descendre dans les nécropoles dont je parlais tout à l'heure. »

Quoiqu'elle n'élevât aucune objection contre les raisonnements de sa maîtresse, un vague sourire errant sur les lèvres de l'esclave grecque faisait voir qu'elle ne croyait pas beaucoup à cette inviolabilité de la personne royale.

« Ah ! continua Cléopâtre, je voudrais qu'il m'arrivât quelque chose, une aventure étrange, inattendue ! Le chant des poètes, la danse des esclaves syriennes, les festins couronnés de roses et prolongés jusqu'au jour, les courses nocturnes, les chiens de Laconie, les lions privés, les nains bossus, les membres de la confrérie des inimitables, les combats du cirque, les parures nouvelles, les robes de byssus, les unions de perles, les parfums d'Asie, les recherches les plus exquises, les somptuosités les plus folles, rien ne m'amuse plus ; tout m'est indifférent, tout m'est insupportable !

– On voit bien, dit tout bas Charmion, que la reine n'a pas eu d'amant et n'a fait tuer personne depuis un mois. »

Fatiguée d'une aussi longue tirade, Cléopâtre prit encore une fois la coupe posée à côté d'elle, y trempa ses lèvres, et, mettant sa tête sous son bras avec un mouvement de colombe, s'arrangea de son mieux pour dormir. Charmion lui défit ses sandales et se mit à lui chatouiller doucement la plante des pieds avec la barbe d'une plume de paon ; le sommeil ne tarda pas à jeter sa poudre d'or sur les beaux yeux de la sœur de Ptolémée.

Maintenant que Cléopâtre dort, remontons sur le pont de la cange et jouissons de l'admirable spectacle du soleil couchant. Une large bande violette, fortement chauffée de tons roux vers l'occident, occupe toute la partie inférieure du ciel ; en rencontrant les zones d'azur, la teinte violette se fond en lilas clair et se noie dans le bleu par une demi-teinte rose ; du côté où le soleil, rouge comme un bouclier tombé des fournaises de Vulcain, jette ses ardents reflets, la nuance tourne au citron pâle, et produit des teintes pareilles à celles des turquoises. L'eau frisée par un rayon oblique a l'éclat mat d'une glace vue du côté du tain, ou d'une lame damasquinée ; les sinuosités de la rive, les joncs, et tous les accidents du bord s'y découpent en traits fermes et noirs qui en font vivement ressortir la réverbération blanchâtre. À la faveur de cette clarté crépusculaire vous apercevrez là-bas, comme un grain de poussière tombé sur du vif-argent, un petit point brun qui tremble dans un réseau de filets lumineux. Est-ce une sarcelle qui plonge, une tortue qui se laisse aller à la dérive, un crocodile levant, pour respirer l'air moins brûlant du soir, le bout de son rostre squammeux, le ventre d'un hippopotame qui s'épanouit à fleur d'eau ? ou bien encore quelque rocher laissé à découvert par la décroissance du fleuve ? car le vieil Hopi-Mou, père des eaux, a bien besoin de remplir son urne tarie aux pluies du solstice dans les montagnes de la Lune.

Ce n'est rien de tout cela. Par les morceaux d'Osiris si heureusement recousus ! c'est un homme qui paraît marcher et patiner sur l'eau... l'on peut voir maintenant la nacelle qui le soutient, une vraie coquille de noix, un poisson creusé, trois bandes d'écorce ajustées, une pour le fond et deux pour les plats-bords, le tout solidement relié aux deux pointes avec une corde engluée de bitume. Un homme se tient debout, un pied sur chaque bord de cette frêle machine, qu'il dirige avec un seul aviron qui sert en même temps de gouvernail, et, quoique la cange royale file rapidement sous l'effort de cinquante rameurs, la petite barque noire gagne visiblement sur elle.

Cléopâtre désirait un incident étrange, quelque chose d'inattendu ; cette petite nacelle effilée, aux allures mystérieuses, nous a tout l'air de porter sinon une aventure, du moins un aventurier. Peut-être contient-elle le héros de notre histoire : la chose n'est pas impossible. C'était, en tout cas, un beau jeune homme de vingt ans, avec des cheveux si noirs qu'ils paraissaient bleus, une peau blonde comme de l'or, et de proportions si parfaites, qu'on eût dit un bronze de Lysippe ; bien qu'il ramât depuis longtemps, il ne trahissait aucune fatigue, et il n'avait pas sur le front une seule perle de sueur. Le soleil plongeait sous l'horizon, et sur son disque échancré se dessinait la silhouette brune d'une ville lointaine que l'œil n'aurait pu discerner sans cet accident de lumière ; il s'éteignit bientôt tout à fait, et les étoiles, belles de nuit du ciel, ouvrirent leur calice d'or dans l'azur du firmament. La cange royale, suivie de près par la petite nacelle, s'arrêta près d'un escalier de marbre noir, dont chaque marche supportait un de ces sphynx haïs de Cléopâtre. C'était le débarcadère du palais d'été.

Cléopâtre, appuyée sur Charmion, passa rapidement comme une vision étincelante entre une double haie d'esclaves portant des fanaux. Le jeune homme prit au fond de la barque une grande peau de lion, la jeta sur ses épaules, sauta légèrement à terre, tira la nacelle sur la berge et se dirigea vers le palais.

III

Qu'est-ce que ce jeune homme qui, debout sur un morceau d'écorce se permet de suivre la cange royale, et qui peut lutter de vitesse contre cinquante rameurs, du pays de Kousch, nus jusqu'à la ceinture et frottés d'huile de palmier ? Quel intérêt le pousse et le fait agir ? Voilà ce que nous sommes obligé de savoir en notre qualité de poète doué du don d'intuition, et pour qui tous les hommes et même toutes les femmes, ce qui est plus difficile, doivent avoir au côté la fenêtre que réclamait Momus.

Il n'est peut-être pas très aisé de retrouver ce que pensait, il y a tantôt deux mille ans, un jeune homme de la terre de Kémé qui suivait la barque de Cléopâtre, reine et déesse Évergète, revenant de la Mammisi d'Hermonthis. Nous essayerons cependant.

Meïamoun, fils de Mandouschopsch, était un jeune homme d'un caractère étrange ; rien de ce qui touche le commun des mortels ne faisait impression sur lui ; il semblait d'une race plus haute, et l'on eût dit le produit de quelque adultère divin. Son regard avait l'éclat et la fixité d'un regard d'épervier, et la majesté sereine siégeait sur son front comme sur un piédestal de marbre ; un noble dédain arquait sa lèvre supérieure et gonflait ses narines comme celles d'un cheval fougueux ; quoiqu'il eût presque la grâce délicate d'une jeune fille, et que Dionysius, le dieu efféminé, n'eût pas une poitrine plus ronde et plus polie, il cachait sous cette molle apparence des nerfs d'acier et une force herculéenne ; singulier privilège de certaines natures antiques de réunir la beauté de la femme à la force de l'homme.

Quant à son teint, nous sommes obligé d'avouer qu'il était fauve comme une orange, couleur contraire à l'idée blanche et rose que nous avons de la beauté ; ce qui ne l'empêchait pas d'être un fort charmant jeune homme, très recherché par toute sorte de femmes jaunes, rouges, cuivrées, bistrées, dorées, et même par plus d'une blanche Grecque.

D'après ceci, n'allez pas croire que Meïamoun fût un homme à bonnes fortunes : les cendres du vieux Priam, les neiges d'Hippolyte lui-même n'étaient pas plus insensibles et plus froides ; le jeune néophyte en tunique blanche, qui se prépare à l'initiation des mystères d'Isis, ne mène pas une vie plus chaste ; la jeune fille qui transit à l'ombre glaciale de sa mère n'a pas cette pureté craintive.

Les plaisirs de Meïamoun, pour un jeune homme de si farouche approche, étaient cependant d'une singulière nature il partait tranquillement le matin avec son petit bouclier de cuir d'hippopotame, son harpé ou sabre à lame courbe, son arc triangulaire et son carquois en peau de serpent, rempli de flèches barbelées ; puis il s'enfonçait dans le désert, et faisait galoper sa cavale aux jambes sèches, à la tête étroite, à la crinière échevelée, jusqu'à ce qu'il trouvât une trace de lionne ; cela le divertissait beaucoup d'aller prendre les petits lionceaux sous le ventre de leur mère. En toutes choses il n'aimait que le périlleux ou l'impossible ; il se plaisait fort à marcher dans des sentiers impraticables, à nager dans une eau furieuse, et il eût choisi pour se baigner dans le Nil précisément l'endroit des cataractes : l'abîme l'appelait.

Tel était Meïamoun, fils de Mandouschopsch. Depuis quelque temps son humeur était devenue encore plus sauvage ; il s'enfonçait des mois entiers dans l'océan de sables et ne reparaissait qu'à de rares intervalles. Sa mère inquiète se penchait vainement du haut de sa terrasse et interrogeait le chemin d'un œil infatigable. Après une longue attente, un petit nuage de poussière tourbillonnait à l'horizon ; bientôt le nuage crevait et laissait voir Meïamoun couvert de poussière sur sa cavale maigre comme une louve, l'œil rouge et sanglant, la narine frémissante, avec des cicatrices au flanc, cicatrices qui n'étaient pas des marques d'éperon. Après avoir pendu dans sa chambre quelque peau d'hyène ou de lion, il repartait.

Et cependant personne n'eût pu être plus heureux que Meïamoun ; il était aimé de Nephté, la fille du prêtre Afomouthis, la plus belle personne du nom d'Arsinoïte. Il fallait être Meïamoun pour ne pas voir que Nephté avait des yeux charmants relevés par les coins avec une indéfinissable expression de volupté, une bouche où scintillait un rouge sourire, des dents blanches et limpides, des bras d'une rondeur exquise et des pieds nus plus parfaits que les pieds de jaspe de la statue d'Isis : assurément il n'y avait pas dans toute l'Égypte une main plus petite et des cheveux plus longs. Les charmes de Nephté n'eussent été effacés que par ceux de Cléopâtre. Mais qui pourrait songer à aimer Cléopâtre ? Ixion, qui fut amoureux de Junon, ne serra dans ses bras qu'une nuée, et il tourne éternellement sa roue aux enfers.

C'était Cléopâtre qu'aimait Meïamoun !

Il avait d'abord essayé de dompter cette passion folle ; il avait lutté corps à corps avec elle ; mais on n'étouffe pas l'amour comme on étouffe un lion et les plus vigoureux athlètes ne sauraient rien y faire. La flèche était restée dans la plaie et il la traînait partout avec lui ; l'image de Cléopâtre radieuse et splendide sous son diadème à pointe d'or, seule debout dans sa pourpre impériale au milieu d'un peuple agenouillé, rayonnait dans sa veille et dans son rêve ; comme l'imprudent qui a regardé le soleil et qui voit toujours une tache insaisissable voltiger devant lui, Meïamoun voyait toujours Cléopâtre. Les aigles peuvent contempler le soleil sans être éblouis, mais quelle prunelle de diamant pourrait se fixer impunément sur une belle femme, sur une belle reine ?

Sa vie était d'errer autour des demeures royales pour respirer le même air que Cléopâtre, pour baiser sur le sable, bonheur, hélas ! bien rare, l'empreinte, à demi effacée de son pied ; il suivait les fêtes sacrées et les panégyries, tâchant de saisir un rayon de ses yeux, de dérober au passage un des mille aspects de sa beauté, Quelquefois la honte le prenait de cette existence insensée ; il se livrait à la chasse avec un redoublement de furie, et tâchait de mâter par la fatigue l'ardeur de son sang et la fougue de ses désirs.

Il était allé à la panégyrie d'Hermonthis, et, dans le vague espoir de revoir la reine un instant lorsqu'elle débarquerait au palais d'été, il avait suivi la cange dans sa nacelle, sans s'inquiéter des âcres morsures du soleil par une chaleur à faire fondre en sueur de lave les sphinx haletants sur leurs piédestaux rougis.

Et puis, il comprenait qu'il touchait à un moment suprême, que sa vie allait se décider, et qu'il ne pouvait mourir avec son secret dans sa poitrine.

C'est une étrange situation que d'aimer une reine ; c'est comme si l'on aimait une étoile, encore l'étoile vient-elle chaque nuit briller à sa place dans le ciel ; c'est une espèce de rendez-vous mystérieux : vous la retrouvez, vous la voyez, elle ne s'offense pas de vos regards ! Ô misère ! être pauvre, inconnu, obscur, assis tout au bas de l'échelle, et se sentir le cœur plein d'amour pour quelque chose de solennel, d'étincelant et de splendide, pour une femme dont la dernière servante ne voudrait pas de vous ! avoir l'œil fatalement fixé sur quelqu'un qui ne vous voit point, qui ne vous verra jamais, pour qui vous n'êtes qu'un flot de la foule pareil aux autres et qui vous rencontrerait cent fois sans vous reconnaître ! n'avoir, si l'occasion de parler se présente, aucune raison à donner d'une si folle audace, ni talent de poète, ni grand génie, ni qualité surhumaine, rien que de l'amour ; et en échange de la beauté, de la noblesse, de la puissance, de toutes les splendeurs qu'on rêve, n'apporter que de la passion ou sa jeunesse, choses rares !

Ces idées accablaient Meïamoun ; couché à plat ventre sur le sable, le menton dans ses mains, il se laissait emporter et soulever par le flot d'une intarissable rêverie ; il ébauchait mille projets plus insensés les uns que les autres. Il sentait bien qu'il tendait à un but impossible, mais il n'avait pas le courage d'y renoncer franchement, et la perfide espérance venait chuchoter à son oreille quelque menteuse promesse.

« Hâthor, puissante déesse, disait-il à voix basse, que t'ai-je fait pour me rendre si malheureux ? te venges-tu du dédain que j'ai eu pour Nephté, la fille du prêtre Afomouthis ? m'en veux-tu d'avoir repoussé Lamia, l'hétaïre d'Athènes, ou Flora, la courtisane romaine ? Est-ce ma faute, à moi, si mon cœur n'est sensible qu'à la seule beauté de Cléopâtre, ta rivale ? Pourquoi as-tu enfoncé dans mon âme la flèche empoisonnée de l'amour impossible ? Quel sacrifice et quelles offrandes demandes-tu ? Faut-il t'élever une chapelle de marbre rose de Syène avec des colonnes à chapiteaux dorés, un plafond d'une seule pièce et des hiéroglyphes sculptés en creux par les meilleurs ouvriers de Memphis ou de Thèbes ?

Réponds-moi. »

Comme tous les dieux et les déesses que l'on invoque, Hâthor ne répondit rien. Meïamoun prit un parti désespéré.

Cléopâtre, de son côté, invoquait aussi la déesse Hâthor ; elle lui demandait un plaisir nouveau, une sensation inconnue ; languissamment couchée sur son lit, elle songeait que le nombre des sens est bien borné, que les plus exquis raffinements laissent bien vite venir le dégoût, et qu'une reine a réellement bien de la peine à occuper sa journée. Essayer des poisons sur des esclaves, faire battre des hommes avec des tigres ou des gladiateurs entre eux, boire des perles fondues, manger une province, tout cela est fade et commun !

Charmion était aux expédients et ne savait plus que faire de sa maîtresse.

Tout à coup un sifflement se fit entendre, une flèche vint se planter en tremblant dans le revêtement de cèdre de la muraille.

Cléopâtre faillit s'évanouir de frayeur. Charmion se pencha à la fenêtre et n'aperçut qu'un flocon d'écume sur le fleuve. Un rouleau de papyrus entourait le bois de la flèche ; il contenait ces mots écrits en caractères phonétiques : « Je vous aime ! »

IV

« Je vous aime, » répéta Cléopâtre en faisant tourner entre ses doigts frêles et blancs le morceau de papyrus roulé à la façon des scytales, voilà le mot que je demandais : quelle âme intelligente, quel génie caché a donc si bien compris mon désir ? Et tout à fait réveillée de sa langoureuse torpeur, elle sauta à bas de son lit avec l'agilité d'une chatte qui flaire une souris, mit ses petits pieds d'ivoire dans ses tatbebs brodés, jeta une tunique de byssus sur ses épaules, et courut à la fenêtre par laquelle Charmion regardait toujours.

La nuit était claire et sereine ; la lune déjà levée dessinait avec de grands angles d'ombre et de lumière les masses architecturales du palais, détachées en vigueur sur un fond de bleuâtre transparence, et glaçait de moires d'argent l'eau du fleuve où son reflet s'allongeait en colonne étincelante ; un léger souffle de brise, qu'on eût pris pour la respiration des Sphinx endormis, faisait palpiter les roseaux et frissonner les clochettes d'azur des lotus ; les câbles des embarcations amarrées au bord du Nil gémissaient faiblement, et le flot se plaignait sur son rivage comme une colombe sans ramier. Un vague parfum de végétation, plus doux que celui des aromates qui brûlent dans l'anschir des prêtres d'Anubis, arrivait jusque dans la chambre. C'était une de ces nuits enchantées de l'Orient, plus splendides que nos plus beaux jours, car notre soleil ne vaut pas cette lune.

« Ne vois-tu pas là-bas, vers le milieu du fleuve, une tête d'homme qui nage ? Tiens, il traverse maintenant la traînée de lumière et va se perdre dans l'ombre ; on ne peut plus le distinguer. » Et, s'appuyant sur l'épaule de Charmion, elle sortait à demi son beau corps de la fenêtre pour tâcher de retrouver la trace du mystérieux nageur. Mais un bois d'acacias du Nil, de doums et de sayals, jetait à cet endroit son ombre sur la rivière et protégeait la fuite de l'audacieux. Si Meïamoun eût eu le bon esprit de se retourner, il aurait aperçu Cléopâtre, la reine sidérale, le cherchant avidement des yeux à travers la nuit, lui pauvre Égyptien obscur, misérable chasseur de lions.

« Charmion, Charmion, fais venir Phrehipephbour, le chef des rameurs, et qu'on lance sans retard deux barques à la poursuite de cet homme » dit Cléopâtre, dont la curiosité était excitée au plus haut degré.

Prehipephbour parut : c'était un homme de la race Nahasi, aux mains larges, aux bras musculeux, coiffé d'un bonnet de couleur rouge, assez semblable au casque phrygien, et vêtu d'un caleçon étroit, rayé diagonalement de blanc et de bleu. Son buste, entièrement nu, reluisait à la clarté de la lampe, noir et poli comme un globe de jais. Il prit les ordres de la reine et se retira sur-le-champ pour les exécuter.

Deux barques longues, étroites, si légères que le moindre oubli d'équilibre les eût fait chavirer, fendirent bientôt l'eau du Nil en sifflant sous l'effort de vingt rameurs vigoureux ; mais la recherche fut inutile. Après avoir battu la rivière en tous sens, après avoir fouillé la moindre touffe de roseaux, Phrehipephbour revint au palais sans autre résultat que d'avoir fait envoler quelque héron endormi debout sur une patte ou troublé quelque crocodile dans sa digestion.

Cléopâtre éprouva un dépit si vif de cette contrariété, qu'elle eut une forte envie de condamner Prehipephbour à la meule ou aux bêtes. Heureusement Charmion intercéda pour le malheureux tout tremblant, qui pâlissait de frayeur sous sa peau noire. C'était la seule fois de sa vie qu'un de ses désirs n'avait pas été aussitôt accompli que formé ; aussi éprouvait-elle une surprise inquiète, comme un premier doute sur sa toute-puissance.

Elle, Cléopâtre, femme et sœur de Ptolémée, proclamée déesse Évergète, reine vivante des régions d'en bas et d'en haut, œil de lumière, préférée du soleil, comme on peut le voir dans les cartouches sculptés sur les murailles des temples, rencontrer un obstacle, vouloir une chose qui ne s'est pas faite, avoir parlé et n'avoir pas été obéie ! Autant vaudrait être la femme de quelque pauvre paraschiste inciseur de cadavres et faire fondre du natron dans une chaudière ! C'est monstrueux, c'est exorbitant, et il faut être, en vérité, une reine très douce et très clémente pour ne pas faire mettre en croix ce misérable Phrehipephbour.

Vous vouliez une aventure, quelque chose d'étrange et d'inattendu ; vous êtes servie à souhait. Vous voyez que votre royaume n'est pas si mort que vous le prétendiez. Ce n'est pas le bras de pierre d'une statue qui a lancé cette flèche, ce n'est pas du cœur d'une momie que viennent ces trois mots qui vous ont émue, vous qui voyez avec un sourire sur les lèvres vos esclaves empoisonnés battre du talon et de la tête, dans les convulsions de l'agonie, vos beaux pavés de mosaïque et de porphyre, vous qui applaudissez le tigre lorsqu'il a bravement enfoncé son mufle dans le flanc du gladiateur vaincu !

Vous aurez tout ce que vous voudrez, des chars d'argent étoilés d'émeraudes, des quadriges de griffons, des tuniques de pourpre teintes trois fois, des miroirs d'acier fondu entourés de pierres précieuses, si clairs que vous vous y verrez aussi belle que vous l'êtes ; des robes venues du pays de Sérique, si fines, si déliées qu'elles passeraient par l'anneau de votre petit doigt ; des perles d'un orient parfait, des coupes de Lysippe ou de Myron, des perroquets de l'Inde qui parlent comme des poètes ; vous obtiendrez tout, quand même vous demanderiez le ceste de Vénus ou le pschent d'Isis mais, en vérité, vous n'aurez pas ce soir l'homme qui a lancé cette flèche qui tremble encore dans le bois de cèdre de votre lit. Les esclaves qui vous habilleront demain n'auront pas beau jeu ; elles ne risquent rien d'avoir la main légère ; les épingles d'or de la toilette pourraient bien avoir pour pelote la gorge de la friseuse maladroite, et l'épileuse risque fort de se faire pendre au plafond par les pieds.

« Qui peut avoir eu l'audace de lancer cette déclaration emmanchée dans une flèche ? Est-ce le monarque Amoun-Ra qui se croit plus beau que l'Apollon des Grecs ? qu'en penses-tu, Charmion ? ou bien Chéapsiro, le commandant de l'Hermothybie, si fier de ses combats au pays de Kousch ! Ne serait-ce pas plutôt le jeune Sextus, ce débauché romain, qui met du rouge, grasseye en parlant et porte des manches à la persique ?

— Reine, ce n'est aucun de ceux-là ; quoique vous soyez la plus belle du monde, ces gens-là vous flattent et ne vous aiment pas. Le monarque Amotin-Ra s'est choisi une idole à qui il sera toujours fidèle, et c'est sa propre personne ; le guerrier Chéapsiro ne pense qu'à raconter ses batailles ; quant à Sextus, il est si sérieusement occupé de la composition d'un nouveau cosmétique, qu'il ne peut songer à rien autre chose. D'ailleurs, il a reçu des surtouts de Laconie, des tuniques jaunes brochées d'or et des enfants asiatiques qui l'absorbent tout entier. Aucun de ces beaux seigneurs ne risquerait son cou dans une entreprise si hardie et si périlleuse ; ils ne vous aiment pas assez pour cela.

« Vous disiez hier dans votre cange que les yeux éblouis n'osaient s'élever jusqu'à vous, que l'on ne savait que pâlir et tomber à vos pieds en demandant grâce, et qu'il ne vous restait d'autre ressource que d'aller réveiller dans son cercueil doré quelque vieux pharaon parfumé au bitume. Il y a maintenant un cœur ardent et jeune qui vous aime : qu'en ferez-vous ? »

Cette nuit-là, Cléopâtre eut de la peine à s'endormir, elle se retourna dans son lit, elle appela longtemps en vain Morphée, frère de la Mort ; elle répéta plusieurs fois qu'elle était la plus malheureuse des reines, que l'on prenait à tâche de la contrarier, que la vie lui était insupportable ; grandes doléances qui touchaient assez peu Charmion, quoiqu'elle fît mine d'y compatir.

Laissons un peu Cléopâtre chercher le sommeil qui la fuit et promener ses conjectures sur tous les grands de la cour ; revenons à Meïamoun : plus adroit que Phrehipephbour, le chef des rameurs, nous parviendrons bien à le trouver. Effrayé de sa propre hardiesse, Meïamoun s'était jeté dans le Nil, et avait gagné à la nage le petit bois de palmiers-doums avant que Phrehipephbour eût lancé les deux barques à sa poursuite. Lorsqu'il eût repris haleine et repoussé derrière ses oreilles ses longs cheveux noirs trempés de l'écume du fleuve, il se sentit plus à l'aise et plus calme. Cléopâtre avait quelque chose qui venait de lui. Un rapport existait entre eux maintenant ; Cléopâtre pensait à lui, Meïamoun. Peut-être était-ce une pensée de courroux, mais au moins il était parvenu à faire naître en elle un mouvement quelconque, frayeur, colère ou pitié ; il lui avait fait sentir son existence. Il est vrai qu'il avait oublié de mettre son nom sur la bande de papyrus, mais qu'eût appris de plus à la reine Meïamoun, fils de Mandouschopsch ! Un monarque ou un esclave sont égaux devant elle. Une déesse ne s'abaisse pas plus en prenant pour amoureux un homme du peuple qu'un patricien ou un roi ; de si haut l'on ne voit dans un homme que l'amour.

Le mot qui lui pesait sur la poitrine comme le genou d'un colosse de bronze en était enfin sorti ; il avait traversé les airs, il était parvenu jusqu'à la reine, pointe du triangle, sommet inaccessible ! Dans ce cœur blasé il avait mis une curiosité, – progrès immense !

Meïamoun ne se doutait pas d'avoir si bien réussi, mais il était plus tranquille, car il s'était juré à lui-même, par la Bari mystique qui conduit les âmes dans l'Amenthi, par les oiseaux sacrés, Bennou et Gheughen ; par Typhon et par Osiris, par tout ce que la mythologie égyptienne peut offrir de formidable qu'il serait l'amant de Cléopâtre, ne fût-ce qu'un jour, ne fût-ce qu'une nuit, ne fût-ce qu'une heure, dût-il lui en coûter son corps et son âme.

Expliquer comment lui était venu cet amour pour une femme qu'il n'avait vue que de loin et sur laquelle il osait à peine lever ses yeux, lui qui ne les baissait pas devant les jaunes prunelles des lions, et comment cette petite graine tombée par hasard dans son âme y avait poussé si vite et jeté de si profondes racines, c'est un mystère que nous n'expliquerons pas ; nous avons dit là-haut : L'abîme l'appelait.

Quand il fut bien sûr que Phrehipephbour était rentré avec les rameurs, il se jeta une seconde fois dans le Nil et se dirigea de nouveau vers le palais de Cléopâtre, dont la lampe brillait à travers un rideau de pourpre et semblait une étoile fardée. Léandre ne nageait pas vers la tour de Sestos avec plus de courage et de vigueur, et cependant Meïamoun n'était pas attendu par une Héro prête à lui verser sur la tête des fioles de parfums pour chasser l'odeur de la mer et des âcres baisers de la tempête.

Quelque bon coup de lance ou de harpé était tout ce qui pouvait lui arriver de mieux, et, à vrai dire, ce n'était guère de cela qu'il avait peur. Il longea quelque temps la muraille du palais dont les pieds de marbre baignaient dans le fleuve, et s'arrêta devant une ouverture submergée, par où l'eau s'engouffrait en tourbillonnant. Il plongea deux ou trois fois sans succès ; enfin il fut plus heureux, rencontra le passage et disparut.

Cette arcade était un canal voûté qui conduisait l'eau du Nil aux bains de Cléopâtre.

V

Cléopâtre ne s'endormit que le matin, à l'heure où rentrent les songes envolés par la porte d'ivoire. L'illusion du sommeil lui fit voir toute sorte d'amants se jetant à la nage, escaladant les murs pour arriver jusqu'à elle, et, souvenir de la veille, ses rêves étaient criblés de flèches chargées de déclarations amoureuses. Ses petits talons agités de tressaillements nerveux frappaient la poitrine de Charmion, couchée en travers du lit pour lui servir de coussin.

Lorsqu'elle s'éveilla, un gai rayon jouait dans le rideau de la fenêtre dont il trouait la trame de mille points lumineux, et venait familièrement jusque sur le lit voltiger comme un papillon d'or autour de ses belles épaules qu'il effleurait en passant d'un baiser lumineux. Heureux rayon que les dieux eussent envié !

Cléopâtre demanda à se lever d'une voix mourante comme un enfant malade ; deux de ses femmes l'enlevèrent dans leurs bras et la posèrent précieusement à terre, sur une grande peau de tigre dont les ongles étaient d'or et les yeux d'escarboucles. Charmion l'enveloppa d'une calasiris de lin plus blanche que le lait, lui entoura les cheveux d'une résille de fils d'argent, et lui plaça les pieds dans des tatbebs de liège sur la semelle desquels, en signe de mépris, l'on avait dessiné deux figures grotesques représentant deux hommes des races Nahasi et Nahmou, les mains et les pieds liés, en sorte que Cléopâtre méritait littéralement l'épithète de conculcatrice des peuples, que lui donnent les cartouches royaux.

C'était l'heure du bain. Cléopâtre s'y rendit avec ses femmes.

Les bains de Cléopâtre étaient bâtis dans de vastes jardins remplis de mimosas, de caroubiers, d'aloès, de citronniers, de pommiers persiques, dont la fraîcheur luxuriante faisait un délicieux contraste avec l'aridité des environs ; d'immenses terrasses soutenaient des massifs de verdure et faisaient monter les fleurs jusqu'au ciel par de gigantesques escaliers de granit rose ; des vases de marbre pentélique s'épanouissaient comme de grands lis au bord de chaque rampe, et les plantes qu'ils contenaient ne semblaient que leurs pistils ; des chimères caressées par le ciseau des plus habiles sculpteurs grecs, et d'une physionomie moins rébarbative que les sphinx égyptiens avec leur mine renfrognée et leur attitude morose, étaient couchées mollement sur le gazon tout piqué de fleurs, comme de sveltes levrettes blanches sur un tapis de salon c'étaient de charmantes figures de femme, le nez droit, le front uni, la bouche petite, les bras délicatement potelés, la gorge ronde et pure, avec des boucles d'oreilles, des colliers et des ajustements d'un caprice adorable, se bifurquant en queue de poisson comme la femme dont parle Horace, se déployant en aile d'oiseau, s'arrondissant en croupe de lionne, se contournant en volute de feuillage, selon la fantaisie de l'artiste ou les convenances de la position architecturale : – une double rangée de ces délicieux monstres bordait l'allée qui conduisait du palais à la salle.

Au bout de cette allée, on trouvait un large bassin avec quatre escaliers de porphyre ; à travers la transparence de l'eau diamantée on voyait les marches descendre jusqu'au fond sablé de poudre d'or ; des femmes terminées en gaine comme des cariatides faisaient jaillir de leurs mamelles un filet d'eau parfumée qui retombait dans le bassin en rosée d'argent, et en picotait le clair miroir de ses gouttelettes grésillantes. Outre cet emploi, ces cariatides avaient encore celui de porter sur leur tête un entablement orné de néréides et de tritons en bas-relief et muni d'anneaux de bronze pour attacher les cordes de soie du vélarium. Au delà du portique l'on apercevait des verdures humides et bleuâtres, des fraîcheurs ombreuses, un morceau de la vallée de Tempé transporté en Égypte. Les fameux jardins de Sémiramis n'étaient rien auprès de cela.

Nous ne parlerons pas de sept ou huit autres salles de différentes températures, avec leur vapeur chaude ou froide, leurs boites de parfums, leurs cosmétiques, leurs huiles, leurs pierres ponces, leurs gantelets de crin, et tous les raffinements de l'art balnéatoire antique poussé à un si haut degré de volupté et de raffinement.

Cléopâtre arriva, la main sur l'épaule de Charmion ; elle avait fait au moins trente pas toute seule ! grand effort ! fatigue énorme ! Un léger nuage rose, se répandant sous la peau transparente de ses joues, en rafraîchissait la pâleur passionnée ; ses tempes blondes comme l'ambre laissaient voir un réseau de veines bleues ; son front uni, peu élevé comme les fronts antiques, mais d'une rondeur et d'une forme parfaites, s'unissait par une ligne irréprochable à un nez sévère et droit, en façon de camée, coupé de narines roses et palpitantes à la moindre émotion, comme les naseaux d'une tigresse amoureuse ; la bouche petite, ronde, très rapprochée du nez, avait la lèvre dédaigneusement arquée ; mais une volupté effrénée, une ardeur de vie incroyable rayonnait dans le rouge éclat et dans le lustre humide de la lèvre inférieure. Ses yeux avaient des paupières étroites, des sourcils minces et presque sans inflexion. Nous n'essayerons pas d'en donner une idée ; c'était un feu, une langueur, une limpidité étincelante à faire tourner la tête de chien d'Anubis lui-même ; chaque regard de ses yeux était un poème supérieur à ceux d'Homère ou de Mimnerme ; un menton impérial, plein de force et de domination, terminait dignement ce charmant profil.

Elle se tenait debout sur la première marche du bassin, dans une attitude pleine de grâce et de fierté ; légèrement cambrée en arrière, le pied suspendu comme une déesse qui va quitter son piédestal et dont le regard est encore au ciel ; deux plis superbes partaient des pointes de sa gorge et filaient d'un seul jet jusqu'à terre. Cléomène, s'il eût été son contemporain et s'il eût pu la voir, aurait brisé sa Vénus de dépit.

Avant d'entrer dans l'eau, par un nouveau caprice, elle dit à Charmion de lui changer sa coiffure à résilles d'argent ; elle aimait mieux une couronne de fleurs de lotus avec des joncs, comme une divinité marine. Charmion obéit ; ses cheveux délivrés coulèrent en cascades noires sur ses épaules, et pendirent en grappes comme des raisins mûrs au long de ses belles joues.

Puis la tunique de lin, retenue seulement par une agrafe d'or, se détacha, glissa au long de son corps de marbre, et s'abattit en blanc nuage à ses pieds comme le cygne aux pieds de Léda.

Et Meïamoun, où était-il ?

Ô cruauté du sort ! tant d'objets insensibles jouissent de faveurs qui raviraient un amant de joie. Le vent qui joue avec une chevelure parfumée ou qui donne à de belles lèvres des baisers qu'il ne peut apprécier, l'eau à qui cette volupté est bien indifférente et qui enveloppe d'une seule caresse un beau corps adoré, le miroir qui réfléchit tant d'images charmantes, le cothurne ou le tatbeb qui enferme un divin petit pied : oh ! que de bonheurs perdus !

Cléopâtre trempa dans l'eau son talon vermeil et descendit quelques marches ; l'onde frissonnante lui faisait une ceinture et des bracelets d'argent, et roulait en perles sur sa poitrine et ses épaules comme un collier défait ; ses grands cheveux, soulevés par l'eau, s'étendaient derrière elle comme un manteau royal ; elle était reine même au bain. Elle allait et venait, plongeait et rapportait du fond dans ses mains des poignées de poudre d'or qu'elle lançait en riant à quelqu'une de ses femmes d'autres fois elle se suspendait à la balustrade du bassin, cachant et découvrant ses trésors, tantôt ne laissant voir que son dos poli et lustré, tantôt se montrant entière comme la Vénus Anadyomène, et variant sans cesse les aspects de sa beauté.

Tout à coup elle poussa un cri plus aigu que Diane surprise par Actéon ; elle avait vu à travers le feuillage luire une prunelle ardente, jaune et phosphorique comme un œil de crocodile ou de lion.

C'était Meïamoun qui, tapi contre terre, derrière une touffe de feuilles, plus palpitant qu'un faon dans les blés, s'enivrait du dangereux bonheur de regarder la reine dans son bain. Quoiqu'il fût courageux jusqu'à la témérité, le cri de Cléopâtre lui entra dans le cœur plus froid qu'une lame d'épée ; une sueur mortelle lui couvrit tout le corps ; ses artères sifflaient dans ses tempes avec un bruit strident, la main de fer de l'anxiété lui serrait la gorge et l'étouffait.

Les eunuques accoururent la lance au poing ; Cléopâtre leur désigna le groupe d'arbres, où ils trouvèrent Meïamoun blotti et pelotonné. La défense n'était pas possible, il ne l'essaya pas et se laissa prendre. Ils s'apprêtaient à le tuer avec l'impassibilité cruelle et stupide qui caractérise les eunuques ; mais Cléopâtre, qui avait eu le temps de s'envelopper de sa calasiris, leur fit signe de la main de s'arrêter et de lui amener le prisonnier.

Meïamoun ne put que tomber à ses genoux en tendant vers elle des mains suppliantes comme vers l'autel des dieux.

« Es-tu quelque assassin gagé par Rome ? et que venais-tu faire dans ces lieux sacrés d'où les hommes sont bannis ? dit Cléopâtre avec un geste d'interrogation impérieuse.

– « Que mon âme soit trouvée légère dans la balance de l'Amenthi, et que Tmeï, fille du soleil et déesse de la vérité, me punisse si jamais j'eus contre vous, ô reine ! une intention mauvaise, » répondit Meïamoun toujours à genoux.

La sincérité et la loyauté brillaient sur sa figure en caractères si transparents, que Cléopâtre abandonna sur-le-champ cette pensée, et fixa sur le jeune Égyptien des regards moins sévères et moins irrités ; elle le trouvait beau.

« Alors, quelle raison te poussait dans un lieu où tu ne pouvais rencontrer que la mort ?

– « Je vous aime, » dit Meïamoun d'une voix basse, mais distincte ; car son courage était revenu comme dans toutes les situations extrêmes et que rien ne peut empirer.

– « Ah fit Cléopâtre en se penchant vers lui et en lui saisissant le bras avec un mouvement brusque et soudain, c'est toi qui as lancé la flèche avec le rouleau de papyrus ; par Oms, chien des enfers, tu es un misérable bien hardi !.. Je te reconnais maintenant ; il y a longtemps que je te vois errer comme une ombre plaintive autour des lieux que j'habite. Tu étais à la procession d'Isis, à la panégyrie d'Hermonthis ; tu as suivi la cange royale. Ah ! il te faut une reine !… Tu n'as point des ambitions médiocres ; tu t'attendais sans doute à être payé de retour… Assurément je vais t'aimer… Pourquoi pas ?

– « Reine, répondit Meïamoun avec un air de grave mélancolie, ne raillez pas. Je suis insensé, c'est vrai ; j'ai mérité la mort, c'est vrai encore ; soyez humaine, faites-moi tuer. »

– « Non, j'ai le caprice d'être clémente aujourd'hui je t'accorde la vie.

– « Que voulez-vous que je fasse de la vie ? Je vous aime. »

– « Eh bien tu seras satisfait, tu mourras, répondit Cléopâtre : tu as fait un rêve étrange, extravagant : tes désirs ont dépassé en imagination un seuil infranchissable, – tu pensais que tu étais César ou Marc-Antoine, tu aimais la reine ! À certaines heures de délire, tu as pu croire qu'à la suite de circonstances qui n'arrivent qu'une fois tous les mille ans, Cléopâtre un jour t'aimerait. Eh bien ! ce que tu croyais impossible va s'accomplir, je vais faire une réalité de ton rêve ; cela me plaît, une fois, de combler une espérance folle. Je veux t'inonder de splendeurs, de rayons et d'éclairs ; je veux que ta fortune ait des éblouissements. Tu étais en bas de la roue, je vais te mettre en haut, brusquement, subitement, sans transition. Je te prends dans le néant, je fais de toi l'égal d'un dieu, et je te replonge dans le néant : c'est tout ; mais ne viens pas m'appeler cruelle, implorer ma pitié, ne vas pas faiblir quand l'heure arrivera. Je suis bonne, je me prête à ta folie ; j'aurais le droit de te faire tuer sur-le-champ ; mais tu me dis que tu m'aimes, je te ferai tuer demain ; ta vie pour une nuit. Je suis généreuse, je te l'achète, je pourrais la prendre. Mais que fais-tu à mes pieds ? relève-toi, et donne-moi la main pour rentrer au palais.

VI

Notre monde est bien petit à côté du monde antique, nos fêtes sont mesquines auprès des effrayantes somptuosités des patriciens romains et des princes asiatiques ; leurs repas ordinaires passeraient aujourd'hui pour des orgies effrénées, et toute une ville moderne vivrait pendant huit jours de la desserte de Lucullus soupant avec quelques amis intimes. Nous avons peine à concevoir, avec nos habitudes misérables, ces existences énormes, réalisant tout ce que l'imagination peut inventer de hardi, d'étrange et de plus monstrueusement en dehors du possible. Nos palais sont des écuries où Caligula n'eût pas voulu mettre son cheval ; le plus riche des rois constitutionnels ne mène pas le train d'un petit satrape ou d'un proconsul romain. Les soleils radieux qui brillaient sur la terre sont à tout jamais éteints dans le néant de l'uniformité ; il ne se lève plus sur la noire fourmilière des hommes de ces colosses à formes de Titan, qui parcouraient le monde en trois pas, comme les chevaux d'Homère ; – plus de tour de Lylacq, plus de Babel géante escaladant le ciel de ses spirales infinies, plus de temples démesurés faits avec des quartiers de montagne, de terrasses royales que chaque siècle et chaque peuple n'ont pu élever que d'une assise, et d'où le prince accoudé et rêveur peut regarder la figure du monde comme une carte déployée ; plus de ces villes désordonnées faites d'un inextricable entassement d'édifices cyclopéens, avec leurs circonvallations profondes, leurs cirques rugissant nuit et jour, leurs réservoirs remplis d'eau de mer et peuplés de léviathans et de baleines, leurs rampes colossales, leurs superpositions de terrasses, leurs tours au faîte baigné de nuages, leurs palais géants, leurs aqueducs, leurs cités vomitoires et leurs nécropoles ténébreuses ! Hélas ! plus rien que des ruches de plâtre sur un damier de pavés.

L'on s'étonne que les hommes ne se soient pas révoltés contre ces confiscations de toutes les richesses et de toutes les forces vivantes au profit de quelques rares privilégiés, et que de si exorbitantes fantaisies n'aient point rencontré d'obstacles sur leur chemin sanglant. C'est que ces existences prodigieuses étaient la réalisation au soleil du rêve que chacun faisait la nuit, – des personnifications de la pensée commune, et que les peuples se regardaient vivre symbolisés sous un de ces noms météoriques qui flamboient inextinguiblement dans la nuit des âges. Aujourd'hui, privé de ce spectacle éblouissant de la volonté toute-puissante, de cette haute contemplation d'une âme humaine dont le moindre désir se traduit en actions inouïes, en énormités de granit et d'airain, le monde s'ennuie éperdument et désespérément ; l'homme n'est plus représenté dans sa fantaisie impériale.

L'histoire que nous écrivons et le grand nom de Cléopâtre qui s'y mêle nous ont jeté dans ces réflexions malsonnantes pour les oreilles civilisées. Mais le spectacle du monde antique est quelque chose de si écrasant, de si décourageant pour les imaginations qui se croient effrénées et les esprits qui pensent avoir atteint aux dernières limites de la magnificence féerique, que nous n'avons pu nous empêcher de consigner ici nos doléances et nos tristesses de n'avoir pas été contemporain de Sardanapale, de Teglath Phalazar, de Cléopâtre, reine d'Égypte, ou seulement d'Héliogabale, empereur de Rome et prêtre du Soleil.

Nous avons à décrire une orgie suprême, un festin à faire pâlir celui de Balthazar, une nuit de Cléopâtre. Comment, avec la langue française, si chaste, si glacialement prude, rendrons-nous cet emportement frénétique, cette large et puissante débauche qui ne craint pas de mêler le sang et le vin, ces deux pourpres, et ces furieux élans de la volupté inassouvie se ruant à l'impossible avec toute l'ardeur de sens que le long jeûne chrétien n'a pas encore mâtés ?

La nuit promise devait être splendide ; il fallait que toutes les joies possibles d'une existence humaine fussent concentrées en quelques heures ; il fallait faire de la vie de Meïamoun un élixir puissant qu'il pût boire en une seule coupe. Cléopâtre voulait éblouir sa victime volontaire, et la plonger dans un tourbillon de voluptés vertigineuses, l'enivrer, l'étourdir avec le vin de l'orgie, pour que la mort, bien qu'acceptée, arrivât sans être vue ni comprise.

Transportons nos lecteurs dans la salle du banquet.

Notre architecture actuelle offre peu de points de comparaison avec ces constructions immenses dont les ruines ressemblent plutôt à des éboulements de montagnes qu'à des restes d'édifices. Il fallait toute l'exagération de la vie antique pour animer et remplir ces prodigieux palais dont les salles étaient si vastes qu'elles ne pouvaient avoir d'autre plafond que le ciel, magnifique plafond, et bien digne d'une pareille architecture !

La salle du festin avait des proportions énormes et babyloniennes ; l'œil ne pouvait en pénétrer la profondeur incommensurable ; de monstrueuses colonnes, courtes, trapues, solides à porter le pôle, épataient lourdement leur fût évasé sur un socle bigarré d'hiéroglyphes, et soutenaient de leurs chapiteaux ventrus de gigantesques arcades de granit s'avançant par assises comme des escaliers renversés. Entre chaque pilier, un sphinx colossal de basalte, coiffé du pschent, allongeait sa tête à l'œil oblique, au menton cornu, et jetait dans la salle un regard fixe et mystérieux. Au second étage, en recul du premier, les chapiteaux des colonnes, plus sveltes de tournure, étaient remplacés par quatre têtes de femmes adossées avec les barbes cannelées et les enroulements de la coiffure égyptienne ; au lieu de sphinx, des idoles à tête de taureau, spectateurs impassibles des délires nocturnes et des fureurs orgiaques, étaient assis dans des sièges de pierre comme des hôtes patients qui attendent que le festin commence.

Un troisième étage d'un ordre différent, avec fies éléphants de bronze lançant de l'eau de senteur par la trompe, couronnait l'édifice ; par-dessus, le ciel s'ouvrait comme un gouffre bleu, et les étoiles curieuses s'accoudaient sur la frise.

De prodigieux escaliers de porphyre, si polis qu'ils réfléchissaient les corps comme des miroirs, montaient et descendaient de tous côtés et liaient entre elles ces grandes masses d'architecture.

Nous ne traçons ici qu'une ébauche rapide pour faire comprendre l'ordonnance de cette construction formidable avec ses proportions hors de toute mesure humaine. Il faudrait le pinceau de Martinn, le grand peintre des énormités disparues, et nous n'avons qu'un maigre trait de plume au lieu de la profondeur apocalyptique de la manière noire ; mais l'imagination y suppléera ; moins heureux que le peintre et le musicien, nous ne pouvons présenter les objets que les uns après les autres. Nous n'avons parlé que de la salle du festin, laissant de côté les convives ; encore ne l'avons-nous qu'indiquée. Cléopâtre et Meïamoun nous attendent les voici qui s'avancent.

Meïamoun était vêtu d'une tunique de lin constellée d'étoiles avec un manteau de pourpre et des bandelettes dans les cheveux comme un roi oriental. Cléopâtre portait une robe glauque, fendue sur le côté et retenue par des abeilles d'or ; autour de ses bras nus jouaient deux rangs de grosses perles ; sur sa tête rayonnait la couronne à pointes d'or. Malgré le sourire de sa bouche, un nuage de préoccupation ombrait légèrement son beau front, et ses sourcils se rapprochaient quelquefois avec un mouvement fébrile. Quel sujet peut donc contrarier la grande reine ! Quant à Meïamoun, il avait le teint ardent et lumineux d'un homme dans l'extase ou dans la vision ; des effluves rayonnants, partant de ses tempes et de son front, lui faisaient un nimbe d'or, comme à un des douze grands dieux de l'Olympe.

Une joie grave et profonde brillait dans tous ses traits ; il avait embrassé sa chimère aux ailes inquiètes sans qu'elle s'en votât ; il avait touché le but de sa vie. Il vivrait l'âge de Nestor et de Priam ; il verrait ses tempes veinées se couvrir de cheveux blancs comme ceux du grand prêtre d'Ammon ; il n'éprouverait rien de nouveau, il n'apprendrait rien de plus, Il a obtenu tellement au delà de ses plus folles espérances, que le monde n'a plus rien à lui donner.

Cléopâtre le fit asseoir à côté d'elle sur un trône côtoyé de griffons d'or et frappa ses petites mains l'une contre l'autre. Tout à coup des lignes de feux, des cordons scintillants, dessinèrent toutes les saillies de l'architecture ; les yeux du sphinx lancèrent des éclairs phosphoriques, une haleine enflammée sortit du mufle des idoles ; les éléphants, au lieu d'eau parfumée, soufflèrent une colonne rougeâtre ; des bras de bronze jaillirent des murailles avec des torches au poing : dans le cœur sculpté des lotus s'épanouirent des aigrettes éclatantes.

De larges flammes bleuâtres palpitaient dans les trépieds d'airain, des candélabres géants secouaient leur lumière échevelée dans une ardente vapeur ; tout scintillait et rayonnait. Les iris prismatiques se croisaient et se brisaient en l'air ; les facettes des coupes, les angles des marbres et des jaspes, les ciselures des vases, tout prenait une paillette, un luisant ou un éclair. La clarté ruisselait par torrents et tombait de marche en marche comme une cascade sur un escalier de porphyre, l'on aurait dit une réverbération d'un incendie dans une rivière ; si la reine de Saba y eût monté, elle eût relevé le pli de sa robe croyant marcher dans l'eau comme sur le parquet de glace de Salomon. À travers ce brouillard étincelant, les figures monstrueuses des colosses, les animaux, les hiéroglyphes semblaient s'animer et vivre d'une vie factice ; les béliers de granit noir ricanaient ironiquement et choquaient leurs cornes dorées, les idoles respiraient avec bruit par leurs naseaux haletants.

L'orgie était à son plus haut degré ; les plats de langues de phénicoptères et de foies de scarus, les murènes engraissées de chair humaine et préparées au garum, les cervelles de paon, les sangliers pleins d'oiseaux vivants, et toutes les merveilles des festins antiques décuplées et centuplées, s'entassaient sur les trois pans du gigantesque triclinium. Les vins de Crète, de Massique et de Falerne, écumaient dans les cratères d'or couronnés de roses, remplis par des pages asiatiques dont les belles chevelures flottantes servaient à essuyer les mains des convives. Des musiciens jouant du sistre, du tympanon, de la sambuque et de la harpe à vingt et une cordes, remplissaient les travées supérieures et jetaient leur bruissement harmonieux dans la tempête de bruit qui planait sur la fête : la foudre n'aurait pas eu la voix assez haute pour se faire entendre.

Meïamoun, la tête penchée sur l'épaule de Cléopâtre, sentait sa raison lui échapper ; la salle du festin tourbillonnait autour de lui comme un immense cauchemar architectural ; il voyait, à travers ses éblouissements, des perspectives et des colonnades sans fin ; de nouvelles zones de portiques se superposaient aux véritables, et s'enfonçaient dans les cieux à des hauteurs où les Babels ne sont jamais parvenues. S'il n'eût senti dans sa main la main douce et froide de Cléopâtre, il eût cru être transporte dans le monde des enchantements par un sorcier de Thessalie ou un mage de Perse.

Vers la fin du repas, des nains bossus et des morions exécutèrent des danses et des combats grotesques ; puis des jeunes filles égyptiennes et grecques, représentant les heures noires et blanches, dansèrent sur le mode ionien une danse voluptueuse avec une perfection inimitable.

Cléopâtre elle-même se leva de son trône, rejeta son manteau royal, remplaça son diadème sidéral par une couronne de fleurs, ajusta des crotales d'or à ses mains d'albâtre, et se mit à danser devant Meïamoun éperdu de ravissement. Ses beaux bras arrondis comme les anses d'un vase de marbre, secouaient au-dessus de sa tête des grappes de notes étincelantes, et ses crotales babillaient avec une volubilité toujours croissante. Debout sur la pointe vermeille de ses petits pieds, elle avançait rapidement et venait effleurer d'un baiser le front de Meïamoun, puis elle recommençait son manège et voltigeait autour de lui, tantôt se cambrant en arrière, la tête renversée, l'œil demi-clos, les bras pâmés et morts, les cheveux débouclés et pendants comme une bacchante du mont Ménale agitée par son dieu ; tantôt leste, vive, rieuse, papillonnante, infatigable et plus capricieuse en ses méandres que l'abeille qui butine. L'amour du cœur, la volupté des sens, la passion ardente, la jeunesse inépuisable et fraîche, la promesse du bonheur prochain, elle exprimait tout.

Les pudiques étoiles ne regardaient plus, leurs chastes prunelles d'or n'auraient pu supporter un tel spectacle ; le ciel même s'était effacé, et un dôme de vapeur enflammée couvrait la salle.

Cléopâtre revint s'asseoir près de Meïamoun. La nuit s'avançait, la dernière des heures noires allait s'envoler ; une lueur bleuâtre entra d'un pied déconcerté dans ce tumulte de lumières rouges, comme un rayon de lune qui tombe dans une fournaise ; les arcades supérieures s'azurèrent doucement, le jour paraissait.

Meïamoun prit le vase de corne que lui tendit un esclave éthiopien à physionomie sinistre, et qui contenait un poison tellement violent qu'il eût fait éclater tout autre vase. Après avoir jeté sa vie à sa maîtresse dans un dernier regard, il porta à ses lèvres la coupe funeste où la liqueur empoisonnée bouillonnait et sifflait.

Cléopâtre pâlit et posa sa main sur le bras de Meïamoun pour le retenir. Son courage la touchait ; elle allait lui dire « Vis encore pour m'aimer, je le veux. » Quand un bruit de clairon se fit entendre. Quatre hérauts d'armes entrèrent à cheval dans la salle du festin ; c'étaient des officiers de Marc-Antoine qui ne précédaient leur maître que de quelques pas. Elle lâcha silencieusement le bras de Meïamoun. Un rayon de soleil vint jouer sur le front de Cléopâtre comme pour remplacer son diadème absent.

« Vous voyez bien que le moment est arrivé ; il fait jour, c'est l'heure où les beaux rêves s'envolent, » dit Meïamoun. Puis il vida d'un trait le vase fatal et tomba comme frappé de la foudre. Cléopâtre baissa la tête, et dans sa coupe une larme brûlante, la seule qu'elle ait versée de sa vie, alla rejoindre la perle fondue.

« Par Hercule ! ma belle reine, j'ai eu beau faire diligence, je vois que j'arrive trop tard, dit Marc-Antoine en entrant dans la salle du festin ; le souper est fini. Mais que signifie ce cadavre renversé sur les dalles ?

— Oh ! rien, fit Cléopâtre en souriant ; c'est un poison que j'essayais pour m'en servir si Auguste me faisait prisonnière. Vous plairait-il, mon cher seigneur, de vous asseoir à côté de moi et de voir danser ces bouffons grecs ?... »